ÉPIGRAPHIE CAMPANAIRE ARDENNAISE

✳

LES CLOCHES

DU

CANTON D'ASFELD

PAR

H. JADART & P. LAURENT

SEDAN

IMPRIMERIE DE JULES LAROCHE

22, RUE GAMBETTA, 22

—

1896

ÉPIGRAPHIE CAMPANAIRE ARDENNAISE

———•••———

LES CLOCHES DU CANTON D'ASFELD

ÉPIGRAPHIE CAMPANAIRE ARDENNAISE

LES CLOCHES

DU

CANTON D'ASFELD

PAR

H. JADART & P. LAURENT

SEDAN

IMPRIMERIE DE JULES LAROCHE

22, RUE GAMBETTA, 22

1896

Extrait de la *Revue d'Ardenne et d'Argonne*. 1896.

Tiré à 50 exemplaires, avec la vue du clocher d'Asfeld

ÉPIGRAPHIE CAMPANAIRE ARDENNAISE

LES CLOCHES DU CANTON D'ASFELD

AVANT-PROPOS

Nous passons ici en revue les cloches de tout un canton rural, et nous les décrivons successivement par ordre alphabétique de communes, en donnant leurs dates, leurs inscriptions et les noms de leurs fondeurs, ensemble plus difficile à recueillir et à offrir exactement que ne le penserait un observateur superficiel. Les travaux d'épigraphie sont à l'ordre du jour : ils ont leur charme, leur intérêt et leur difficulté (1). Jamais nous n'aurions pu aboutir dans cette recherche, pourtant bien restreinte et circonscrite, si nous n'avions trouvé la collaboration aussi obligeante que sûre de M. Paul Laurent, juge de paix du canton d'Asfeld. MM. les maires, curés et instituteurs ont répondu à son appel et à nos désirs en facilitant nos démarches ou en y suppléant par des renseignements écrits. Ces efforts combinés ont produit une investigation qui a été aussi fructueuse et aussi complète que possible : nous les remercions tous de leur concours éclairé.

---

(1) Citons de suite, comme un modèle pour l'étude des anciennes cloches de la contrée, l'ouvrage de M. le Dr H. VINCENT : *Les Inscriptions anciennes de l'arrondissement de Vouziers ou relatives à la région....* (Reims, Matot, 1892), donnant les textes de nombreuses cloches et les moulages de leur décoration. Citons, comme un type de description historique approfondie, la notice de M. Henri LACAILLE : *La Cloche de l'Hôtel de Ville de Rethel, documents extraits des comptes de cette ville, relatifs à sa fonte en 1513* (Arcis-sur-Aube, Frémont, 1891, brochure in-8° de 12 pages, tirée à part de la *Revue de Champagne et de Brie*, juin-juillet 1891, p. 471). Voyez aussi l'art. de MM. H. BOURGUIGNAT et P. COLLINET, dans *Revue d'Ardenne et d'Argonne*, 2e année, p. 100 et suiv., et H. JADART : *Cloche d'Hannogne-Saint-Remi*, dans *Revue hist. ardenn.*, 2e année, p. 90, et *Cloches de l'époque révolutionnaire* (ibid., p. 225).

Cet examen a fait connaître l'existence de trente-huit cloches dans les dix-neuf communes du canton, et il a révélé la présence, sur un grand nombre de ces cloches, de noms liés à l'histoire de la contrée et encore honorablement portés. La connaissance de l'épigraphie contemporaine n'est pas sans utilité : elle assure le maintien des traditions et le respect des choses où nos devanciers marquaient hier leur empreinte. Mais, au point de vue archéologique, une grande déception nous attendait : les dix-neuf clochers ne contiennent plus une seule cloche antérieure au xixᵉ siècle, et, pour en trouver une, il faut escalader le campanile de l'horloge communale de Villers-devant-le-Thour. Là, dans ce gîte aérien, l'ancienne cloche banale de Donchery, une belle cloche gothique du xviᵉ siècle, remplit modestement le rôle de timbre pour l'heure (1). Les autres cloches du canton datent des premières années de notre siècle, c'est-à-dire de la reprise publique du culte, de 1803, de 1806, de 1809, et s'échelonnent ensuite d'années en années jusqu'à la fin du siècle, les plus récentes, celles d'Avaux, portant le millésime de 1890. En voici le tableau récapitulatif :

LES TRENTE-HUIT CLOCHES DU CANTON D'ASFELD
par ordre d'ancienneté
(1803-1890).

Une cloche banale du xviᵉ siècle, servant de timbre à Villers-devant-le-Thour.

Une cloche de 1803, de Claude Farnier, à Asfeld.

Une clochette de 1806, de Cavillier, à Saint-Germainmont.

Une cloche de 1809, sans nom de fondeur, à Juzancourt.

Une cloche de 1809, de Regnauld et Antoine, à Roizy.

Trois cloches de 1809, des mêmes, à Saint-Germainmont.

Trois cloches de 1817, d'Antoine et Loiseaux, à Saulx-Saint-Remi.

Une cloche de 1817, sans nom de fondeur, à Saint-Remi-le-Petit.

Trois cloches de 1823, de Cochois et Antoine, à Blanzy.

Une cloche de 1825, d'Antoine et Loiseaux, à Brienne.

---

(1) La noblesse engendrée par les charges municipales s'appelait *la noblesse de cloche*. Une cloche banale est donc pour une ville, au même titre que ses armoiries, un titre d'honneur et de noblesse. Comment la Municipalité de Donchery a-t-elle pu aliéner un semblable souvenir historique ? On trafique de tout, en notre siècle. Heureusement, cette cloche a échappé au creuset du fondeur.

Une cloche de 1827, d'Antoine, à Houdilcourt.
Trois cloches de 1828, de Chevresson et Bague, à Villers-devant-le-Thour.
Une cloche de 1831, d'Antoine et Loiseaux, à Gomont.
Une cloche de 1834, d'Antoine et Loiseaux, à Bergnicourt.
Une cloche de 1834, d'Antoine père, au Thour.
Une cloche de 1843, de Cauchois jeune, à Poilcourt.
Deux cloches de 1849, d'Arsène Loiseaux, à Aire.
Une cloche de 1851, de Loiseau-Liégault, à Balham.
Une cloche de 1853, du même fondeur, à Roizy.
Une cloche de 1857, du même fondeur, à L'Ecaille.
Deux cloches de 1858, de Jaclard, de Metz, au Thour.
Trois cloches de 1861, de Goussel, de Metz, à Vieux-les-Asfeld.
Une cloche de 1888, de Perrin, de Mohon, à L'Ecaille.
Trois cloches de 1890, de Perrin, de Mohon, à Avaux.

Les inscriptions de ces cloches sont en général très simples de style, et une seule est en latin, celle de Brienne : nous donnons leur texte en majuscules et nous n'avons rien à mettre en relief pour l'épigraphie. Elles offrent surtout des noms de maires et d'adjoints, de curés, de conseillers municipaux, de fabriciens, etc. On y rencontre aussi quelques noms des anciennes familles nobles du pays, mais bien rares, ceux du marquis de La Tude et du vicomte de Virieu. Le reste rappelle d'excellentes familles de propriétaires et de cultivateurs, les Routhier, Camus, Déchamps, Manteau, Lecoq, Brochet, Haguenin, Souef, Payer, Legros, Gillotin, Lanson, Witry, Sorlet, Prillieux, Philippot, Bardin, Gobréau, etc., etc. — Détail curieux, le nom et les titres d'un officier polonais, Félix Dombrova de Mainserig, se trouvent relatés sur une cloche de 1817, à Saulx-Saint-Remi, comme un souvenir adouci de l'occupation des Alliés.

Les noms des fondeurs, que nous donnons plus haut, ne sont pas moins précieux à recueillir que ceux des parrains, et les mêmes noms reviennent souvent. Ces fondeurs formaient jadis, en effet, de véritables dynasties, qui se créaient un monopole bien légitime par leurs talents et leur habileté traditionnelle. Il en est de même encore aujourd'hui, mais nos artistes campa- naires ne voyagent plus comme leurs ancêtres. Signalons les Cavillier, les Farnier, les Antoine père et fils, les Loiseaux en si grand nombre, les Cauchois, les Regnauld, les Chevresson et Bague, puis, de nos jours, les grandes maisons de Metz, Jaclard et Gousselle, et la fonderie ardennaise, si connue, de Perrin, de Mohon, près Mézières (1).

En outre des textes modernes, nous avons eu la bonne fortune de faire revivre deux textes anciens de cloches disparues : une cloche du Thour de 1689, portant le nom des Coligny, et une cloche de Balham, dont Dubois de Crancé avait été le parrain en 1774. Nous avons pu aussi mentionner un marché passé par Pierre Deschamps, le célèbre auteur du gros bourdon de Reims, pour la fonte de deux cloches à Blanzy en 1541. Enfin, nous produisons le procès-verbal de la bénédiction d'une cloche à Juzancourt en 1715, où l'on voit les seigneurs du lieu, Jean Dubois d'Ecordal et la veuve de Jacques de Villiers, apposer leurs cachets sur le registre, regrettant de ne pas trouver leurs armoiries moulées sur la cloche. Un document du même genre sera donné pour Avaux en 1675.

Nous aurions voulu pousser plus avant la statistique rétrospective et reconstituer l'état des cloches à la veille de la Révolution qui réquisitionna en 1793, pour les besoins financiers et ceux de la défense du pays, le bronze de tant de cloches de nos villages. On n'y laissa que la plus grosse, pour servir en cas d'alarme ou d'invasion. Ces grosses cloches furent tour à tour refondues en notre siècle, où l'on se plut à rétablir en beaucoup d'endroits la pleine sonnerie et les joyeux carillons d'autrefois. Si, du moins, l'on avait alors soigneusement transcrit les anciennes inscriptions qui font maintenant défaut presque partout, l'histoire recouvrerait ses droits et bien des souvenirs reviraient dans nos annales.

Une restitution de ce genre est impossible. Les documents nous manquent. A part quelques indications données par MM. les curés dans le Questionnaire adressé en 1774 par l'archevêché de Reims à chaque paroisse du diocèse, nous n'avons pu suppléer, d'ailleurs, à ces fâcheuses lacunes.

Voici, du moins, ce que nous apprennent les réponses aux questions posées sur l'état des cloches ; nous les reproduisons pour les trois doyennés qui se partageaient l'étendue du canton

---

(1) Consulter, sur tous ces fondeurs et leurs œuvres, l'excellente *Notice historique sur les cloches*, par Ferdinand Farnier, fondeur de cloches à Robécourt (Vosges), in 8°, 1892. — Voir aussi, dans la *Revue de l'Art chrétien* (1893), dans le *Bulletin monumental* (1891) et dans le *Bulletin archéologique du Comité des travaux historiques* (1892), les travaux récents d'épigraphie campanaire de M. le baron de Rivières, de M. Léon Germain et de M. Joseph Berthelé, archiviste de l'Hérault, tous trois si compétents et si zélés pour ces utiles recherches.

actuel d'Asfeld, mais il s'en faut de beaucoup qu'on ait répondu sur ces points dans chaque paroisse. Le doyenné de Saint-Germainmont comprenait, outre le chef-lieu : Asfeld (1), Avaux, Balham (2), Blanzy et Aire, Gomont (3), Le Thour, Vieux (4), Villers-devant-le-Thour et Juzancourt (5) ; — le doyenné de Lavannes : Houdilcourt, Poilcourt, Saulx-Saint-Remy (6), Roizy ; — et le doyenné du Châtelet : Saint-Remy-le-Petit, L'Ecaille (7) et Bergnicourt (8). Quant à Brienne, il appartenait au diocèse de Laon, doyenné de Neufchâtel, et nous n'avons rien tenté de ce côté. En tout cas, il résulte des notes recueillies qu'avant la Révolution c'était la communauté des habitants, et non les décimateurs ou la fabrique de l'église, qui fournissait les cloches.

Il est un autre point intéressant, dans la question campanaire, que nous n'avons pu fixer pour le passé, ni même obtenir pour toutes les cloches actuelles : c'est celui de leur poids, de leurs dimensions et de leur tonalité. Nous avons donné ce que nous avons découvert sous ce rapport, mais nous étions hors d'état de provoquer en tous lieux une enquête aussi minutieuse : *Qui trop embrasse mal étreint*, dit le proverbe, et il faut savoir se borner pour aboutir à un premier résultat. D'autres poursuivront notre essai, l'étendront dans ses conséquences et lui donneront tout son essor, comme on l'a fait récemment pour un département entier (9).

(1) *Asfeld*, 1774. — « Les cloches sont en bon état, mais le clocher aurait besoin de réparations à la couverture. Les cloches baissent, les plumarts sont usés. » *Archives de Reims, fonds de l'Archevêché*, série G, Visites, doyennés.

(2) *Balham*, 1774. — « Notre clocher est en état, nous avons une de nos grosses cloches qui est cassée, mais le marché est fait pour la refondre dans l'année, moitié aux dépens de la fabrique et moitié aux dépens de la communauté. » *Ibidem*.

(3) *Gomont*, questionnaire de 1774. — « Le clocher et les cloches sont-ils en bon état ? Le clocher est en bon état, nous avons deux cloches, dont une est cassée, qu'on doit refondre à la belle saison. Les habitants ont fait une conclusion pour la refondre aux dépens de l'église, que j'ai refusé de signer. » Réponse signée J.-B. Micheau, curé de Gaumont.

(4) *Vieux-les-Asfeld*, questionnaire de 1774. — « Les cloches sont en bon état, mais la tour et surtout le befroit et la charpente ne valent rien. » *Ibidem*.

(5) *Villers-devant-le-Thour*, questionnaire de 1774. — « Le clocher est en bon état, et les cloches, excepté la plus grosse qui est cassée et ne peut être réparée, vu que la communauté est surchargée de frais.

« *Jusancourt*. — Le clocher et les cloches sont en bon état.

« *Signé :* N. Dumont, curé. »

(6) « Le clocher de *Saulx-Saint-Remy* et les cloches sont bonnes. Le clocher a esté recouvert en partie cette année, il reste des réparations à faire au mur dudit clocher. » *Ibid*.

(7) *L'Ecaille*. — « Le clocher est en bon état, les cloches sont mal pendues. » *Ibidem*.

(8) *Bergnicourt*. — « Le clocher est en bon état, il n'y a qu'une cloche, qui est petite mais bonne. » *Ibidem*.

(9) « M. Gustave Vallier, archéologue grenoblois, mort il y a un an ou deux, a publié un curieux ouvrage sur les cloches, dans lequel il ne parle que des cloches du département de l'Isère : *Inscriptions campanaires du département de l'Isère* ; Montbéliard, Hoffmann,

Ici même, il faut conclure et produire notre travail commencé au son des cloches de la Toussaint 1892 et terminé aux joyeuses volées de Pâques 1893. Quelle poésie dans ce seul contraste ! Et quelle harmonie, mille fois décrite, nous pourrions faire vibrer de nouveau en rappelant la mission de la cloche dans la vie des familles ! Tant d'écrivains l'ont dignement célébrée dans des ouvrages très connus, que nous craindrions de recommencer après eux (1). Cependant, pour laisser le lecteur sous l'impression favorable que nous ressentons si profondément, nous offrirons à la fin, comme épilogue de nos recherches sur les cloches rurales, une délicieuse causerie sur le même sujet, que nous avons coupée dans le grave *Journal des Débats*, aux vacances dernières. Il sera émerveillé comme nous de la façon pittoresque et vraie par laquelle le spirituel chroniqueur a rajeuni ce thème, toujours ancien et toujours nouveau, de l'histoire et du charme de la cloche champêtre.

Villers-devant-le-Thour, le 6 avril 1893.

Henri JADART.

I. Asfeld.

Nous commençons par le chef-lieu du canton, bourg dont le nom primitif était *Ecri*, et qui s'appela *Avaux-la-Ville* en 1671, puis *Asfeld* en 1730 (2). Son église est l'une des curiosités de la région (3). L'élégant campanile qui surmonte la nef, construit en briques, comme l'édifice entier, vers 1683, renferme une seule cloche de fortes dimensions (diamètre : 1m10), portant au sommet cette inscription :

L'AN 1803, L'AN 11 DE LA RÉPᵟᵁᴱ, J'AI EU POUR PARRAIN LOUIS ROUTHIER, MAIRE DE LA COMMUNE D'ASFELD ET NOTAIRE PUBLIC, ET POUR MARRAINE MARIE-JEANNE-VICTOIRE LAPIE, ÉPOUSE DE JEAN-BAPTISTE-Nᴬᵉ GOBRÉAU, ADJOINT ET CULTIVATEUR, ET BÉNITE PAR M. PIERRE

1886, in-8°, vignettes. — Ne pourrait-on pas, dans chaque département, suivre l'exemple de M. Vallier ? Les cloches passent comme tout le reste, et au point de vue de l'histoire ou de l'art, plusieurs mériteraient qu'on en gardât le souvenir. — AIMÉ VINGTRINIER. » *La Curiosité universelle*, du 8 mai 1893, n° 329, p. 4.

(1) Un très grand nombre d'ouvrages anciens et modernes ont été publiés sur les cloches en général. Citons-en seulement un d'un auteur genevois et assez récent : *La Cloche. Etudes sur son histoire et sur ses rapports avec la société aux différents âges*, par J.-D. BLAVIGNAC, architecte ; Paris, Firmin-Didot, 1877, gr. in-8° de 500 pages.

(2) Voir la *Revue de Champagne et de Brie*, novembre 1880, mai 1881.

(3) Voir la notice, avec plans, publiée dans le *Bulletin monumental*, t. LV, année 1889.

VUE DU CLOCHER D'ASFELD

DIDIER, CURÉ DUDIT LIEU ; CLIQUOT DESJARDINS, AUG**-
N** BRUNEAU, EAISTIEZ, ROHART, PIERRE ROGIER, B**
GOSSIN, L. CHOPPIN, GUISTEL, G. MAQUART, PREVOT,
CONSEIL M*. — C. FARNIER M'A FAIT.

Avant la Révolution, il y avait plusieurs cloches, comme le
prouvent les baux du sonnage dressés par M* François, notaire,
en 1737, 1743, 1746 et 1749.

En 1792, il y avait trois cloches, dont la seule laissée en place
était cassée en 1803. Un marché fut passé le 11 germinal an XI
(1** avril 1803) entre le maire et Claude Farnier, fondeur à
Romagne-sous-Montfaucon (Meuse), à l'effet de refondre « la
cloche de la commune qui se trouve cassée et hors d'état de
servir ». La dépense, dont on ne trouve pas le chiffre exact (le
marché n'ayant pas été conservé), fut couverte au moyen « d'une
levée d'un franc sur chaque individu ou ses représentants ayant
partage des biens communaux, pouvant produire une somme de
mille francs pour être employée aux réparations de l'église et à
la fonte de la cloche ». *(Délibération municipale du 25 germinal
an XI)*.

Le parrain, M. Louis Routhier, né à Luternay, commune de
Bouvancourt (Marne), fut de 1767 à 1815 notaire à Asfeld ; procu-
reur général du marquisat en 1783, il devint en 1791 le premier
juge de paix du canton et exerça ces fonctions jusqu'en 1793 ; il
remplit ensuite celles de maire de 1800 à 1815 et mourut à Asfeld
le 12 octobre 1827, âgé de 85 ans. Son fils, M. Louis-Benoît
Routhier, lui succéda comme notaire et comme maire.

La marraine était la femme de M. J.-B.-N. Gobréau, adjoint de
1800 à 1815 et, à cette date, premier suppléant de la justice de
paix, mort le 25 décembre 1830, âgé de 79 ans. Son petit-fils,
M. Louis Gobréau, a été comme lui longtemps adjoint, et son
arrière-petit-fils, M. Ernest Gobréau, est actuellement conseiller
d'arrondissement.

Le curé qui bénit la cloche était un vétéran de l'ancien clergé,
M** Pierre Didier, bachelier en théologie. Il avait été installé en
1756 et fut obligé de s'expatrier en 1791, bien qu'il eut prêté le
serment constitutionnel « en tout ce qui est de l'ordre politique »,
mais il reprit ses fonctions au Concordat, en août 1802, et mourut
curé d'Asfeld, le 26 mai 1812, âgé de 87 ans. C'est lui qui donnait,
en 1774, ces excellents renseignements sur le caractère et les
professions des habitants d'Asfeld, en réponse au *Questionnaire*

qui lui était adressé par l'archevêque de Reims : « Les paroissiens d'Asfeld sont d'humeur fort gaye, aimant la société, laborieux et généralement bons. Il y a des laboureurs et beaucoup de vignerons, on travaille aussi à la leine ». Cette seule phrase le dépeint comme un homme bienveillant et charitable.

Le clocher renferme, outre la cloche, une horloge déjà ancienne, dont les trois timbres ont été installés dans un petit campanile construit au sommet vers 1845. Ces timbres ne portent pas de date, mais seulement le nom et l'adresse du fournisseur : WAGNER-NEVEU, HORLOGER, 118, MONTMARTRE, PARIS. Leur son est très net et s'entend au loin.

II. Aire.

L'église, du XVIe siècle, est surmontée d'un clocher avec flèche en charpente, dont le beffroi contient deux cloches de moyennes dimensions.

On lit sur la grosse :

L'AN 1849, SOUS LA RÉPUBLIQUE, J'AI ÉTÉ BÉNITE PAR M. NICOLAS PHILIPPE, CURÉ DE BLANZY ET D'AIRE ; J'AI EU POUR PARRAIN M. REMI LINGUET, MAIRE, ET POUR MARRAINE MADAME JEANNE LAMORT, SON ÉPOUSE. ILS M'ONT NOMMÉE JEANNE-REMIETTE. — LOIZEAU ARSÈNE, FONDEUR. — (Poids : 454 kilogrammes).

On lit sur la petite :

L'AN 1849, J'AI ÉTÉ BÉNITE PAR M. NICOLAS PHILIPPE, CURÉ DE BLANZY ET D'AIRE. J'AI EU POUR PARRAIN M. FRANÇOIS DE PAULE VARLET, ADJOINT, ET POUR MARRAINE JOSÉPHINE VARLET, SA FILLE. ILS M'ONT NOMMÉE JOSÉPHINE-PAULINE. — LOISEAU ARSÈNE, FONDEUR. — (Poids : 336 kilogrammes).

La cloche qui restait seule depuis la Révolution fut cassée en 1823, et deux nouvelles cloches furent alors fondues par Antoine Antoine, fondeur à Robécourt, moyennant une somme de 790 fr., qui fut prise « sur les fonds actifs de la commune provenant des fournitures de guerre, placés à la caisse de service de l'arrondissement de Rethel ». *(Délibérations des 27 juillet, 9 et 24 août 1823).*

Les cloches de 1823, étant cassées à leur tour, furent remplacées par les cloches actuelles, fournies en 1849 par Joseph-Arsène

Loizeau, fondeur à Mézières. Le marché, en date du 23 mars 1849, porte que la commune se charge du transport des cloches, à l'aller et au retour de Novion-Porcien, où la fonte avait lieu ; le poids des anciennes cloches étant de 587 kilogrammes et celui des nouvelles de 790, la somme à payer fut fixée à 1,083 francs.

Le parrain de la grosse cloche, M. Linguet, était depuis longtemps maire de la commune, et le parrain de la petite, M. Varlet, alors adjoint, avait été maire de 1831 à 1839. Il sera question de M. le curé Philippe, qui bénit ces cloches, à l'article de Blanzy.

III. Avaux.

Cette commune que, dans des actes notariés, on trouve nommée *Asfeld-le-Château* en 1764, puis *Avaux-sur-Aisne* en 1793, avait autrefois deux paroisses et deux églises, l'une dédiée à saint Denis et appartenant au diocèse de Reims, et l'autre à saint Remi et faisant partie du diocèse de Laon. Cette dernière fut réunie, par l'archevêque Maurice Le Tellier, au diocèse de Reims en 1678, mais les deux églises subsistèrent jusqu'en 1764, et leurs cimetières sont encore aujourd'hui ouverts et distincts pour chaque portion du village.

L'église actuelle fut bâtie en 1764, pour remplacer les deux églises primitives qui tombaient en ruines. Nous avons trouvé, sur l'ancienne église Saint-Denis, le renseignement suivant dans les registres paroissiaux ; c'est le procès-verbal de bénédiction d'une cloche depuis longtemps disparue :

« Cejourdhui 24ᵉ septembre 1675, la grosse cloche de la paroisse Saint-Denis d'Avaux a estez benist par moi Mᵉ Jean Cocquillart, prebtre curé dudit Avaux, assisté de Mᶜ Charles Pothoin, secrétaire de Monseigneur le Comte d'Avaux, demeurant à Paris, pris pour parin, et damoiselle Marie de Noirgent, de la paroisse de Saint-Remy dudict Avaux, sa mareine, quy ont signé avec moi Curé, en présence de Louis Merreau, Mᵉ d'escolle, et de Remy Thiéry, dudict lieu, témoins quy ont signé. » Suivent les signatures.

Jean Cocquillart a desservi la paroisse d'Avaux de 1662 à 1686. Nous ignorons, pour le surplus, le sort des anciennes cloches des églises détruites !

Le clocher en bois de l'église nouvelle, surmonté d'une flèche, s'élève sur la façade et contenait depuis 1816 deux cloches ;

voici les inscriptions relevées par M. Cuif, instituteur, lorsqu'elles furent refondues en 1890 :

Grosse cloche : L'AN DE GRACE 1816, J'AI ÉTÉ BÉNITE PAR M. LOUIS-JOSEPH BUQUOY, PRÊTRE DESSERVANT DE VILLERS-DEVANT-LE-THOUR ET D'AVAUX, ET NOMMÉE JEANNE-MARIE PAR M. BRIOIS J.-N. ET PAR Dᵒ MARIE-NICOLLE BOYS. — M. P. BOYS, MAIRE, M. P. FOSSIER, ADJOINT, ET M. R. FLERLET, INSTITUTEUR. — (0ᵐ80 de hauteur sans les anses, filets, crucifix).

Petite cloche : L'AN DE GRACE 1816, J'AI ÉTÉ NOMMEE PERETTE-VICTOIRE PAR M. PIERRE MONCEAUX, CULTIVATEUR, ET PAR HENRIETTE-VICTOIRE MARCHAND. — FAITE PAR ANTOINE ET LOISEAUX.

Ces deux cloches, dont l'une était félée depuis longtemps, furent remplacées par trois cloches plus petites, fondues par Perrin, à Mohon, et bénites en octobre 1890. En voici les inscriptions :

Sur la grosse : J'AI ÉTÉ BAPTISÉE EN 1890, Mᵍʳ LANGÉNIEUX ÉTANT CARDINAL-ARCHEVÊQUE DE REIMS, SOUS L'ADMINISTRATION SACERDOTALE DE M. CHARBONNEAUX, CURÉ D'AVAUX ; MON PARRAIN A ÉTÉ M. THOMAS-LOUIS CAMUS-MONCEAUX ET MA MARRAINE Mᵐᵉ MARIE-ANNE-ÉLISA BONTEMPS-COURTY, QUI M'ONT DONNÉ LES NOMS DE MARIE-LOUISE-MARIE-ANNE-ÉLISA. — FONDERIE DE PERRIN, A MOHON.

Sur la moyenne : (Même en-tête) ...... MON PARRAIN A ÉTÉ M. VICTOR-PRINCIPE DÉCHAMPS-MARÉCHALLE ET MA MARRAINE Mᵐᵉ MARIE-EULALIE AUGÉ-GACOIN, QUI M'ONT DONNÉ LES NOMS DE MARIE-EULALIE-VICTOIRE-ALINE. (Même fondeur).

Sur la petite : (Même en-tête) ...... MON PARRAIN A ÉTÉ M. CHARLES BRIOIS-CAMUS ET MA MARRAINE Mᵐᵉ VICTOIRE-AMARANTHE BOUCHEZ-BOUCHEZ, QUI M'ONT DONNÉ LES NOMS DE VICTOIRE-AMARANTHE-CHARLOTTE-IRMA. — (Même fondeur).

Les cloches de 1816 portaient les noms du maire, de l'adjoint et de l'instituteur d'alors. Les cloches actuelles portent également les noms des notables de la commune en 1890 : le parrain de la grosse est M. Camus-Monceaux, qui fut pendant trente-cinq années (1843 à 1878) le dévoué maire d'Avaux, et mourut le 25 janvier 1892, entouré des plus sincères regrets ; — le parrain de la moyenne, M. Principe Déchamp, est maire depuis 1885 ; — et avec eux figurent les familles Augé, Gacoin, Briois et Bouchez.

Les anciennes cloches avaient été bénites en 1816 par un desservant temporaire, qui était en même temps curé de Villers-devant-le-Thour et de Juzancourt dont il avait été vicaire avant la Révolution ; — les nouvelles l'ont été, au mois d'octobre 1890, par M. l'abbé Bocquillon, curé-doyen d'Asfeld, assisté de M. l'abbé Charbonneaux, curé d'Avaux depuis 1875 jusqu'en 1894.

IV. Balham.

L'ancien clocher se trouvait sur la nef ; la flèche actuelle s'élève au-dessus du portail. La cloche fêlée fut refondue en 1851 ; elle portait cette inscription, relevée par M. François-Manteau et déjà publiée dans le *Bulletin du diocèse de Reims* (numéro du 8 novembre 1879) :

† L'AN 1774, J'AI ÉTÉ BÉNITE PAR Me JEAN-FRANÇOIS VIOT, PRÊTRE ET CURÉ A BALHAM, DOYEN DE St-GER-MAINMONT, Me EDMd LOUIS-ALEXIS DUBOIS DE CRANCÉ, ÉCUYER, SEIGr DE BALHAM, MOUSQUETAIRE DE LA 1re COMPAGNIE DE LA GARDE DU ROY, ET DAME MARIE-CATHERINE MONTMEAU, SON ÉPOUSE, REPRÉSENTÉS POUR PARRAIN M. THOMAS DIANCOURT, RECEVEUR DE LA TERRE DE BALHAM, ET POUR MARRAINE MARIE-NICOLLE VILLAIN, ÉP. DE M. LOUIS PACQUIT. (Poids : 714 kilogrammes).

La cloche actuelle offre cette légende :

J'AI ÉTÉ FONDUE EN 1851 ET BÉNITE PAR M. J.-A. BOUCHÉ, CURÉ DE GAUMONT ET DESSERVANT DE BALHAM, M. MEUNIER J.-B. ÉTANT TRÉSORIER DE LA FABRIQUE ; JE ME NOMME MARIE-NICOLLE-JOSÉPHINE ; MON PARRAIN NICOLAS-JOSEPH MANTEAU, ET MA MARRAINE MARIE-JOSÉPHINE MANTEAU, ÉPOUSE FRANÇOIS. — J'EXISTAIS DEPUIS 1774, ET AVAIS EU POUR MARRAINE MARIE-NICOLE VILLAIN, BISAIEULE DE MES NOUVEAUX PARRAIN ET MARRAINE. — LOISEAU-LIÉGAULT, FONDEUR A MÉZIÈRES. — JE DOIS MA RÉSURRECTION A LA NOBLE GÉNÉROSITÉ

DE MES PAROISSIENS. — PAR UN BRUIT FORMIDABLE, J'ÉBRANLE LES AIRS, ET MA VOIX REDOUTABLE ÉBRANLE LES ENFERS. — (Poids : 862 kilogrammes).

La commune, aidée par une souscription, pourvut à la refonte de la cloche. La dépense s'éleva à 1,094 fr.

Ces deux cloches marquent bien la succession des temps et les changements de l'ancien au nouveau régime. Le parrain de l'ancienne cloche était le seigneur du lieu, Dubois de Crancé, qui joua un rôle si différent sous la Révolution, et revint quand même habiter ensuite Balham, où il a le mérite d'avoir fondé, comme souvenir de lui, une rente pour le soulagement des vieillards. Rappelons aussi qu'il reçut, en l'an xi (1802), la nomination de premier suppléant de la justice de paix du canton d'Asfeld. Nous n'avons pas à insister davantage ici sur son rôle politique et social, bien connu d'ailleurs. Il mourut à Rethel en 1814, après avoir vendu le château de Balham l'année précédente (1).

Les parrain et marraine de la nouvelle cloche appartiennent à une famille honorable de cultivateurs du pays. M. l'abbé Bouché, curé de Gomont, qui bénit la cloche, était né à Montcy-Notre-Dame le 9 février 1801 et mourut à Balham le 24 juin 1889 ; M. François-Manteau, longtemps trésorier de la Fabrique, décéda à son tour le 16 octobre 1890. M. Batier-Léclerc, ancien maire, survit à ses contemporains et vient d'atteindre heureusement sa 83me année (2).

V. Bergnicourt.

L'église est située en dehors du village ; elle a été très mutilée d'ancienne date et n'a plus de clocher ; la nef est moderne ; l'unique cloche est suspendue dans les combles, au-dessus du chœur, et porte cette inscription :

L'AN 1834, J'AI ÉTÉ BÉNIE ET NOMMÉE MARIE-HENRIETTE

(1) Dubois de Crancé résidait quelquefois à Balham avant la Révolution. Nous en trouvons la preuve dans cette réponse du curé de Balham, le même qui avait bénit la cloche, François Viot, au Questionnaire qui lui était adressé en 1774 par l'archevêché de Reims : « Quel est le seigneur de la paroisse ? C'est M. de Crancé qui est seigneur de cette paroisse ; il est mousquetaire, il réside tantôt à l'hôtel [des Mousquetaires], tantôt à Troye en Champagne, quelquefois à son château d'ici. Les seigneurs n'ont jamais résidés ici ; cependant un ancien seigneur m'a dit que l'aspersion de l'eau bénite luy étoit due avant le maître d'école, et je la luy ay donné depuis ce tems là, lorsque l'occasion s'est présentée ». *Archives de Reims, fonds de l'Archevêché*, G. Visites, doyenné de Saint-Germainmont.

(2) Il est décédé à Balham le 13 juillet 1893.

PAR M. HENRY GATINOIS, AGÉ DE 77 ANS, ET PAR DAME MARIE-FÉLICITÉ LECOQ, ÉPOUSE DE PIERRE CHARLOT, MAIRE DE BERGNICOURT, MA PETITE MARRAINE, D^{lle} MARIE-CATHERINE-ADELINE LEGROS. — FONDUE PAR ANTOINE PÈRE ET FILS ET LOIZEAU (1).

VI. Blanzy.

Le 24 septembre 1541, les marguilliers de l'église de Blanzy passaient à Reims, devant notaires, un marché avec Pierre Deschamps, fondeur de cloches bien connu, et dont nous reproduisons la marque qu'il moula en 1570 sur le gros bourdon, encore existant, de la cathédrale de Reims. Il convint de fournir à l'église de Blanzy, avant le 1er octobre 1542, deux cloches « sonnantes et accordantes », la grosse du poids de 2,500 livres et l'autre d'un poids en proportion, moyennant la somme de vingt livres tournois, plus la nourriture du fondeur, de son cheval et de ses gens pendant l'opération de la fonte qui aurait lieu sur place. Voici le texte de ce marché, déjà reproduit dans le t. LXXIII des *Travaux de l'Académie de Reims*, p. 303, et dans le t. L du *Bulletin monumental*, 1884 :

24 Septembre 1541. — *Marché pour la fonte de deux cloches, passé entre Pierre Deschamps et les coustres de l'église de Blanzy.*

Comparut en sa personne Pierre Deschamps, m^{re} fondeur de cloches demeurant à Reims, et reconnut avoir traicté, convenu et marchandé à Colart Semonneulx et Colas Boulengier, coustres de l'église de Blanzy, de fondre et faire par luy de tous pointz deux cloches sonnantes et accordantes du pois quant à la grosse de vingt cinq cens ou environ, et l'autre qui sera pour accorder a ladite grosse à l'équipolent et icelles rendre faictes et parfaictes dedans le jour saint Remy d'Octobre prochain venant, en fournissant par lesdits coustres toute maneuvre et ayde qu'il conviendra avoir pour ce faire, et ce, de traicté et accord fait, moyennant la somme de vingt livres tournois, que les dits coustres seront tenuz et ont promis en payer au dit Deschamps ou au porteur, incontinent après que les dites cloches seront baptisées, et avec ce, de nourir icellui Deschamps, son cheval et ses gens, durant le dit temps, dont pour plus grande seurté de ce faire, est comparu en sa personne honorable homme Gilles Gaultier, bourgeois de Reims, lequel s'en est fait et constitué plege, caucion et respondant pour le dit Deschamps, en cas que faulte y aura par luy de ce faire, si comme, etc.... Dout, etc....

(1) Voir, sur l'histoire de Bergnicourt, qui est desservi par le curé du Châtelet, le volume publié sur cette commune par M. l'abbé Portagnier en 1874. — M. Charlot a été maire de Bergnicourt de 1830 à 1846.

Promelans les dites parties, chacune endroyt soy par leur foy, etc.
et soubz l'obligacion, assavoir lesdits coustres, des biens d'icelle

Patron, légende et marque du fondeur rémois Pierre Deschamps (1/2 grandeur).

église, à payer, et les dits Deschamps et Gaullier, de tous leurs
biens, etc., sur l'amende du roy, etc. a faire, fournir, etc. sur

peine, etc. Renonçans, etc. Fait le xxiiii⁰ jour de septembre l'an mil v⁰ quarente et ung, par devant nous, notaires royaulx.

(Signé)   ANGIER.   DEHUZ.

(Extrait des minutes de Jacques Angier, 1541, 24 septembre. Etude de M⁰ Mandron, notaire à Reims, 1884).

Nous ignorons ce que devinrent les deux cloches que le célèbre Pierre Deschamps vint fondre à Blanzy. Depuis trois siècles et demi, la mémoire en est perdue. Au moment de la Révolution, il y avait trois cloches à Blanzy, et le 26 octobre 1793 le Conseil permanent de la Municipalité décidait « qu'aux termes de la loi du 23 juillet 1792, une seule cloche, celle qui recevait le marteau de l'horloge, serait conservée, et que les deux autres seraient descendues et conduites sans délai au chef-lieu du district pour être converties en canons ».

La cloche conservée, qui pesait 900 kilogrammes, fut cassée en 1823 ; aussitôt, le Conseil municipal décida le rétablissement de l'ancienne sonnerie. Marché fut passé le 6 mai avec le sieur Antoine Antoine, fondeur de cloches patenté, demeurant à Robécourt (Vosges), lequel prit l'engagement de refondre la cloche et de la convertir en trois nouvelles. L'excédent de métal à fournir, évalué à 200 kilogrammes au prix de 3 fr. 60 le kilogramme, serait composé de quatre cinquièmes de beau cuivre rouge et d'un cinquième de fin étain d'Angleterre. La dépense était estimée à 1,470 francs, se décomposant ainsi :

200 kilogrammes de métal neuf................	720.»»
Façon de l'ancienne cloche...................	450.»»
Descente de celle-ci, replacement des nouvelles et accessoires.............................	300.»»
	1,470.»»

La dépense ainsi réglée fut proposée au budget de 1824 pour les fonds être prélevés sur l'actif communal.

L'ancien clocher, flèche en charpente qui s'élevait au centre de l'église, abrita la sonnerie jusqu'à la construction de la tour neuve bâtie au portail en 1868 ; elle contient actuellement les trois cloches fondues en 1823 et dont voici les inscriptions :

Sur la grosse : L'AN DE GRACE 1823, NOUS AVONS ÉTÉ BÉNITES PAR M. JEAN-NICOLAS PHILIPPE, CURÉ DE LA PAROISSE, LEQUEL A ÉTÉ MON PARRAIN, ET MA MARRAINE A ÉTÉ D⁰ CLAIRE-ÉMÉLIE DE LA HAUT. JE SUIS CONSACRÉE A LA MÈRE DE DIEU. — FONDUES PAR COCHOIS ET ANTOINE. — (Poids : 450 kilogrammes).

Sur la moyenne : EN 1823, J'AI EU POUR PARRAIN M. N. BROCHET, MAIRE DE LA COMMUNE, VF DE M. MAG. BROCHET, ET POUR MARRAINE Dᵉ M. N. BROCHET, ÉPOUSE DE M. J. N. BROCHET, M. DU C. MUNICIPAL, LESQUELS M'ONT DÉDIÉE A Sᵗ PIERRE, PATRON DE CETTE PAROISSE. — (Poids : 350 kilogrammes).

Sur la petite : EN 1823, J'AI ÉTÉ DÉDIÉE A L'HONNEUR DE Sᵗ JULIEN, SECOND PATRON DE LA PAROISSE ; MON PARRAIN EST M. PIERRE BOURGEOIS, ADJOINT A LA MAIRIE, MA MARRAINE EST Dᵒ MARIE-NICOLLE DELARBRE, ÉPOUSE DE M. J. C. RUFFIN, MBRE DU CL. — (Poids : 250 kilogrammes).

M. le curé Philippe a desservi les paroisses de Blanzy et d'Aire de 1820 à 1876, et il est décédé à Blanzy le 19 novembre 1878.

M. Nicolas Brochet a été maire de 1816 à 1830, et M. Pierre Bourgeois, adjoint de 1817 à 1828. Les autres noms portés sur les cloches sont encore honorablement connus dans la contrée.

VII. Brienne.

La tour de l'église est située à la croisée du transept ; elle est d'assez larges proportions, mais, malheureusement, elle a été diminuée dans sa hauteur ; elle contient une seule cloche, de moyenne dimension, qui porte ce texte rédigé en latin, chose assez rare de nos jours :

AD MAJOREM DEI GLORIAM, ANNO DOMINI 1825, CAROLO DECIMO REGNANTE, BENEDICTIONEM ACCEPI A Dᵒ REMIGIO BENEDICTO MASSÉ, PAROCHO TITULARI ASFELD, JUVANTE LUDOVICO ROSSIGNOL, PASTORE BRIENNE, PIA VOLUN-TATE Dⁱ ANNÆ ALEXII, MARCHIONIS DE VISSEC DE LA TUDE, NECNON EJUSDEM LOCI DE BRIENNE SUPRADICTI PRÆFECTI, EQUITIS REGIORUM ORDINUM Sᵗⁱ LUDOVICI.... ET EJUS FILIÆ, Dᵃ LUDOVICÆ GLOSSENDINIS DE VISSEC DE LA TUDE, COMITANTE PATRUA HENRICA MARIA DE FERET, UXORE Dⁱ EQUITIS COMITIS DE MIREMONT. — FONDUE PAR ANTOINE ET LOISEAU. (Fleur de lis au-dessus du nom du fondeur.)

Le marché pour la refonte de la cloche fut conclu le 10 mars 1825 et la réception en eut lieu le 18 novembre suivant. Cette cloche, qui pèse 474 kilogrammes, en remplace une ancienne du poids de 440 kilogrammes, dont nous ne connaissons ni la date, ni l'inscription.

Le parrain de la nouvelle cloche a été M. le marquis de Vissec de la Tude, ancien officier supérieur d'infanterie, chevalier des ordres royaux et militaires de Saint-Louis et de la Légion d'honneur, et qui fut, du 6 juin 1825 au 2 septembre 1830, maire de Brienne et suppléant de la justice de paix du canton d'Asfeld. Voici ses états de services militaires, avec quelques intéressants renseignements sur ses alliances et sa descendance, que nous devons à la bienveillance d'un membre de sa famille, M. A. de Puisieux, d'Amiens :

« Alexis-Anne, marquis de Vissec de la Tude, naquit à Donchery le 26 janvier 1783, de Bernard, vicomte de Vissec de la Tude, capitaine d'infanterie, et de Françoise-Henriette-Charlotte de Magallon de la Morlière.

« Il fit la campagne d'Italie au 1er hussards, puis s'embarqua pour les Indes orientales à la suite de son oncle, le comte de la Morlière, dont il devint aide de camp, et qui était capitaine-général des Iles de France et de la Réunion.

« Cinq ans après, il revint en France et fit la campagne d'Espagne avec le grade de capitaine. Il se distingua en plusieurs circonstances, notamment le 1er septembre 1813, où il enleva à la baïonnette le pont de Berra sur la Bidassoa. Ce coup de main hardi débarrassa deux divisions françaises qui, se trouvant acculées à cette rivière et séparées de l'armée, n'avaient pas d'autre passage pour effectuer leur retraite.

« Le 13 décembre de la même année, il dirigea devant Bayonne, contre les Anglais, une charge victorieuse du 4me léger qu'il commandait et fut fait chef de bataillon le soir même de ce fait d'armes.

« Il se retira du service avec les croix de Saint-Louis et de la Légion d'honneur et mourut à Brienne le 23 avril 1841.

« Origine : Languedoc.

« Armes : *Ecartelé d'argent et de sable.*

« Devise : *Nunquam sistor* (1). »

La famille de la Tude n'a aucun rapport avec le fameux Latude,

---

(1) *Tude (La)*, en Languedoc : *écartelé, aux 1 et 4 de gueules, au lion d'or ; aux 2 et 3 échiqueté de sable et de gueules.* — Article sans généalogie, du *Dictionnaire de la Noblesse*, par de la Chesnaye-Desbois ; Paris, 1876, t. xix, p. 245. — Voir aussi sur la biographie des La Tude un article de M. Stéphen Leroy dans le numéro du cinquantenaire de l'*Echo des Ardennes*, de Sedan (21 septembre 1893).

prisonnier de la Bastille, dont les mémoires sont un tissu d'impostures.

Le marquis de la Tude s'était fixé à Brienne à la suite de son mariage, célébré dans cette commune en 1821, avec Alphonsine-Delphine de Miremont, née le 16 novembre 1794 et morte à Brienne le 10 septembre 1864. L'une de leurs filles, Mlle Isabelle-Alphonsine de Vissec de la Tude, épousa en 1844 M. le baron Antoine-Louis de Romance, mort le 13 mars 1881, conseiller à la Cour d'appel d'Amiens (1), et l'autre, Mlle Louise-Glossinde de Vissec de la Tude, née à Reims le 23 janvier 1822, habite alternativement Amiens et Brienne. Ce fut cette dernière qui, en 1825, fut marraine de la cloche avec son père ; elle était assistée, dans cette cérémonie, de sa marraine et grand'mère, Mme Henriette-Marie-Glossinde de Feret, qui avait épousé à Reims, le 11 pluviôse an II, Louis-François, comte de Miremont.

La cloche de Brienne portant à la fois les noms de Feret et de Miremont, nous devons insister sur cette union.

La famille de Miremont possédait un domaine à Brienne par suite de son alliance avec la vieille famille rémoise des Feret, dont la devise parlante est bien connue : *Virtus ad astra feret*. Deux vases sacrés de l'église de Brienne, où l'on admire aussi deux précieux reliquaires émaillés du moyen âge, portent cette inscription : *Donné à l'église de Brienne par Regnault de Feret, chevalier, s^r de Varimont et de Brienne, et M. Nicolle de Chertemps son espouse, 1655.* — On y lit encore l'épitaphe de *Messire Henri de Feret, en son vivant chevalier, seigneur de Brienne, du grand hameau de Romain et autres lieux, décédé en son château dudit Brienne le 8 de Janvier 1721, âgé de 63 ans et 10 mois.* On le voit, les Feret étaient implantés à Brienne de longue date.

Une notice de M. de Puisieux, publiée sur la comtesse de Miremont en 1892, résume la généalogie de sa famille, et nous devons en outre à son obligeance les documents suivants sur ceux de ses membres alliés aux Feret et rattachés ainsi à Brienne :

« Henriette-Marie-Glossinde de Feret, née le 17 février 1775, morte à Brienne le 6 octobre 1832, était fille d'Antoine-Philippe-Alexandre de Feret, chevalier, seigneur de Brienne, Salon, Cuise,

_____

(1) *Généalogie de la Maison de Romance, originaire du pays de Liège, établie en Champagne au commencement du XVIIe siècle.* Brochure in-8° de 25 pages, autographiée, sans date (vers 1864). Se trouve à la Bibliothèque de Reims.

Vandelle, etc., capitaine de cavalerie au régiment de la Reine, et de Marie-Catherine-Delphine du Val de Dampierre, dont le frère aîné, Elzéar, fut massacré le 22 juin 1791, au retour de Varennes, à la portière du roi, et dont le second frère, Charles-Antoine-Henri, mourut évêque de Clermont en 1832. (C'est de lui que vient la belle aube de guipure conservée dans l'église de Brienne.)

« Louis-François-Alphonse, comte de Miremont, époux de Henriette-Marie-Glossinde de Feret, était né au château de Belval, le 28 avril 1760, de Alphonse-César-Emmanuel-François, marquis de Miremont, vicomte d'Aizelle, seigneur de Berrieux, Belval, St-Etienne, Gueux, Goudelencourt, Fayaut, etc., et de Madeleine-Françoise-Louise Moët de Louvergny. — Il fut d'abord page du grand maître de l'ordre de Malte et fut reçu chevalier de minorité en 1774, puis sous-lieutenant aux chasseurs du Languedoc en novembre 1777. Il mourut à Montplaisir en avril 1834.

« Leur fille, la marquise de la Tude, mourut à Brienne en 1864, dans sa 80e année, comme nous le rappelions plus haut. »

Le curé-doyen d'Asfeld, qui bénit la cloche de Brienne, M. Remi-Benoit Massé, était né à Reims et mourut à Asfeld le 5 mai 1831.

Il nous reste à mentionner le décès du curé de Brienne, M. Louis Rossignol, dont le nom figure aussi sur la cloche de Brienne et sur celle de Saint-Remi-le-Petit ; il signa les comptes de la fabrique de Brienne de 1824 à 1831 ; son épitaphe est ainsi conçue : *Arrête ici, chrétien, et vois ce que je suis : répands tes prières devant Dieu pour un malheureux pécheur qui repose ici, Louis Rossignol, curé de Brienne, décédé dans sa 73e année, le 20 décembre 1831. — Requiescat in pace.*

VIII. L'Ecaille.

Le clocher de la petite église de cette commune contient deux cloches : l'une de 1857, l'autre de 1888. Voici l'inscription de cette dernière qui est la grosse cloche :

BÉNITE PAR L'ABBÉ THOMAS, CURÉ DE LA PAROISSE, J'AI EU POUR PARRAIN M. PIERRE-NICOLAS-AUGUSTE HAGUENIN, MAIRE DE L'ÉCAILLE, ET POUR MARRAINE Mme JEANNE-LOUISE-EULALIE RÉNOT, SON ÉPOUSE, ET M'ONT NOMMÉE JEANNE-AUGUSTINE-ALEXANDRINE-GEORGETTE ; PETIT PARRAIN, M. GEORGES HAGUENIN, PETITE MARRAINE, Mlle HÉLÉNA DANNEAUX. — FONDERIE

DE CLOCHES PERFECTIONNÉES N. PERRIN, A MÉZIÈRES (ARDENNES).

La cloche moins forte et plus ancienne porte simplement le nom du fondeur : FONDERIE DE LOISEAU-LIÉGAULT, A MÉZIÈRES, 1857.

M. l'abbé Thomas quitta L'Ecaille en 1892. Maire de la commune en 1881, M. Haguenin exerce encore les mêmes fonctions. On remarque ici l'emploi de petits parrain et marraine, que nous retrouverons à Saint-Remy-le-Petit.

IX. Gomont.

Ce village domine un des plus gracieux paysages de la vallée de l'Aisne, et la flèche de son clocher le fait reconnaître au loin.

La cloche, acquise en 1831 par souscription volontaire des habitants, porte l'inscription suivante :

L'AN 1831, 1re ANNÉE DU RÈGNE DE LOUIS-PHILIPPE Ier, ROI DES FRANÇAIS, J'AI ÉTÉ BÉNITE PAR M. DESSELLE, CURÉ DE GOMONT ET BALHAM. MON PARRAIN EST M. JACQUES-ALEXANDRE SOEUF (pour Souef), RANTIER, ET MA MARRAINE DAME FRANÇOISE MEUNIER, ÉPOUSE DE M. JEAN-PIERRE DUCHÊNE, MAIRE DE LA COMMUNE, LESQUELS M'ONT DONNÉ LE NOM DE FRANÇOISE, EN PRÉSENCE DE M. HOURLIER-WARNET, ADJOINT. — FONDUE PAR ANTOINE ET LOISEAUX, DE ROBÉCOURT, VOSGES.

Une place vacante se trouve disposée dans le beffroi pour recevoir une seconde cloche. — Les Archives communales ne donnent pas de renseignements sur le poids de la cloche actuelle, ni sur son prix. Une simple note, sur feuille volante, indique qu'une somme de 670 francs a été payée au fondeur, sans que l'on sache si c'est la valeur totale ou un acompte et s'il existait une ancienne cloche refondue alors. L'inscription donnée plus haut est disposée en lignes parallèles vers le haut de la cloche et des mains indicatrices font connaître la suite des lignes.

M. Jean-Pierre Duchêne a été maire de Gomont de 1830 à 1834, il était adjoint depuis 1828.

Le parrain de la cloche, M. Jacques-Alexandre Souëf, fils de J.-B. Souëf, notaire à Gomont, et de Marie-Marguerite Bary, a été maire de la commune du 25 juin 1815 au 10 juillet 1830 ; il avait été nommé juge de paix du canton en 1809, puis élu conseiller général ; il est décédé célibataire, le 9 mai 1847, âgé de 78 ans. Les descendants de cette ancienne et honorable famille habitent encore Gomont. On lira avec plaisir plusieurs poésies sur les beautés du site de ce village qui domine la vallée de l'Aisne, dans le *Choix de Poésies* de M. l'abbé Bramet, publié à Reims, chez Luton, en 1861, p. 48, 50 et 53.

X. Houdilcourt.

L'unique cloche de cette commune porte cette inscription :

J'AI ÉTÉ BÉNIE PAR M. CASSIAUX, CURÉ DE POILCOURT ET D'HOUDILCOURT L'AN 1827 ; J'AI EU POUR PARRAIN M. PAYER, CHARLES-AIMÉ-MARTIN, MAIRE, ÉPOUX DE MARIE-JEANNE JANVIER, ET POUR MARRAINE MARIE-ANGÉLIQUE DEPERTHES, ÉPOUSE DE M. J. BRODEUR, LESQUELS M'ONT DONNÉ LE NOM DE MARIE. — ANTOINE, FONDEUR.

M. Cassiaux, alors curé de Poilcourt et d'Houdilcourt, était le neveu de M. François Cassiaux, curé de Saulx-Saint-Remy à la même époque. Nous avons retrouvé son nom sur les cloches de Vrigny (Marne), fondues en 1844. C'est, aujourd'hui, le curé de Brienne qui dessert à la fois Poilcourt et Houdilcourt.

Le nom du maire d'Houdilcourt, M. Payer, mort en 1854, après avoir pendant trente ans exercé cette fonction, est également inscrit sur la cloche de Poilcourt. Ces deux communes, en effet, avaient été réunies en une seule commune par ordonnance royale du 17 décembre 1828. Leur disjonction eut lieu en 1871.

Le nom de la marraine, née Deperthes, est celui que porte un célèbre architecte parisien contemporain, M. Edouard Deperthes, né à Houdilcourt le 31 juillet 1833, élève de M. Brunette, architecte rémois, déjà bien connu par ses travaux dans la France entière et particulièrement dans notre région par les monuments qu'il a construits à Epernay et à Binson (Marne) et à Neufchâtel (Aisne).

XI. Juzancourt.

Cette commune forme l'annexe de la paroisse de Villers-devant-le-Thour, et sa chapelle, dont le portail remonte au XIIIe siècle, a été complètement remaniée et embellie récemment à l'intérieur. Le petit clocher en bois qui surmonte la façade ne contient plus qu'une cloche dont l'inscription a été relevée par M. Ernest Thiébeaux, maire, et offre en une seule ligne ce texte, dont nous supprimons les incorrections :

† L'AN DE G. 1809, J'AI ÉTÉ BÉNITE PAR M. BUQUOY, D. DE LA PAROISSE DE JUZANCOURT, A LAQUELLE J'APPARTIENS, ET JE ME NOMME MARIE.

Un Christ en croix et les figures moulées de la Vierge et de saint Pierre complètent la décoration de cette cloche sur une face, tandis que l'autre est garnie d'une croix fleurdelisée avec le chiffre I H S. (Diamètre à la base : 0ᵐ72).

Nous avons retrouvé, dans les registres paroissiaux conservés à la mairie, le procès-verbal de bénédiction d'une ancienne cloche, en date du 17 juin 1715. Comme il contient des mentions intéressantes sur les anciens seigneurs du lieu, nous le reproduisons intégralement :

« Ce dix-septième juin mil sept cent quinze, je soussigné prestre, curé de Villers devant le thour et de Jusancourt, dioceze de Reims, ay béni avec les cérémonies ordinaires une cloche dans la paroisse de St Pierre de Jusancourt, laquelle cloche fut nommée Marie-Suzanne par Messire Jean Dubois, chevallier, seigneur d'Escordail et de Jusancourt, vicomte de Savigny, et présentée par dame Marie de Hezecques, veuve de messire Jacques de Villiers, en son vivant chevalier, seigneur de Ecordal, de Bailla et de Jusancourt, lesquels ont fait leur offrande à ladite église et ont apposé leurs armes icy en monument éternel, à cause qu'elles n'ont point été gravées sur laditte cloche. En foy de quoy j'ay signé ce présent acte fait audit lieu ce 17 Juin 1715. *(Signé)* M. A. BIDAULT, prestre curé dudit lieu. — DESCORDAL. — MARIE DE HEZECQUES. — H. VILLÉ. — ESTIENNE DAUFUS. » — A côté des signatures sont les empreintes de deux sceaux armoriés, de forme circulaire, en cire rouge : l'un portant *d'argent à cinq mouchetures d'hermines, posées trois et deux*, qui est DUBOIS, d'Ecordal ; l'autre *de sable semé de fleurs de lis d'argent*, avec deux sauvages pour supports, qui est de VILLIERS. (Voir le *Procez-verbal de la recherche de la Noblesse de Champagne*, par Caumartin, 1673).

Il est probable que la cloche, ainsi bénite en 1715, avait été fondue pour accompagner une plus forte cloche existant déjà, car on lit sur l'épitaphe de Pierre Vuilcq, curé de Villers-devant-le-Thour, décédé le 29 septembre 1714, qu'il fit un legs de

400 livres « pour la seconde cloche de Juzancourt ». L'une de ces anciennes cloches aura été enlevée en 1792, et l'autre, pesant 350 kilogrammes, fut refondue en 1809. Cette dernière ne porte mention ni de parrain, ni de fondeur. Elle est d'un beau grain et bien décorée. — Nous savons par les archives de la commune que l'opération de la fonte, convenue en 1807 pour le prix de 52 écus avec un fondeur nommé Guillaume Quentin, manqua à deux reprises l'année même, mais nous ignorons quel fut le fondeur qui réussit en 1809 la cloche actuelle.

Nous ne connaissons pas davantage le nom du fondeur de la cloche de 1715, et nous ne pouvons offrir de renseignements que sur les parrain et marraine et leur descendance.

Le parrain, « Messire Jean Dubois, chevalier, marquis de Bussy, seigneur d'Ecordal, Juzancourt, Laubrelle, Vandy, Quatre-Champs, Noirval et autres lieux », n'était pas encore marié à cette date. — La marraine, Marie de Hezèques, était née à Juzancourt le 20 avril 1676, fille de « Messire Nicolas-Louis de Hézèques, écuyer, seigneur de Juzancourt et autres lieux, et de dame Marie de Villelongue ». Elle avait épousé, le 28 février 1709, « Messire Jacques de Villiers, chevalier, seigneur d'Escordal, Bailla et Juzancourt ». Elle mourut à Juzancourt le 21 octobre 1738, âgée de 62 ans, et fut inhumée le lendemain dans l'église, au devant du crucifix.

La famille Dubois d'Ecordal, alliée à la famille de Coucy-Poilcourt, n'avait plus de représentants à Juzancourt en notre siècle, mais la famille de Villiers, alliée à celle de Hézecques, s'y était maintenue et occupait, sous la Restauration, les deux châteaux dits *d'en haut* et *d'en bas*. L'un de ses membres, M. Charles-Nicolas-Benjamin-Parfait de Villiers, ancien colonel d'artillerie, chevalier de Saint-Louis, est mort à Juzancourt le 18 mars 1818, dans sa 91e année. Il avait épousé Marie-Anne-Antoinette-Julie Levesque de Courmont, qui décéda au même lieu, le 30 août 1835, dans sa 85e année. Leur fils, M. Charles-Louis de Villiers, fut juge de paix du canton d'Asfeld de 1820 à 1830. — Les épitaphes de plusieurs personnes des familles de Villiers et de Burtin se lisent dans les cimetières de Juzancourt et de Villers-devant-le-Thour. — La dernière descendante du nom, Mme Caroline-Lucie de Villiers, veuve de M. Gustave de la Lance, propriétaire à Saint-Mihiel, vient de s'éteindre à Nancy, le 6 janvier 1892, dans sa 87e année.

XII. Poilcourt.

La tour romane de l'église, tronquée sur les côtés, contient une seule cloche ; on y lit ce texte, en quatre lignes continues, sauf une portion qui paraît avoir été effacée après la fonte :

† L'AN 1843, MM. C^{es} A° Mⁱⁿ PAYER, MAIRE ET..... [partie effacée] DE LA COMMUNE DE POILCOURT, J'AI ÉTÉ BÉNITE PAR M^r J° A^{te} LECLERC, CURÉ. J'AI EU POUR PARRAIN Mr JACQUES-STANISLAS DELÉCLUSE, PROPR^{re}, ET POUR MARRAINE Mme SOPHIE SIRET, ÉPOUSE DELÉCLUSE.

En outre, la cloche porte un crucifix en relief d'un côté, et de l'autre un écusson avec les initiales C J et le nom du fondeur : CAUCHOIS JEUNE DE CHAMPIGNEULLE, H^{te} MARNE.

Nous avons noté, à l'article d'Houdilcourt, la jonction de cette commune à celle de Poilcourt, et nous avons relaté en même temps les longs services du maire, M. Payer, dont le nom figure sur les cloches des deux communes.— Le curé qui bénit la cloche de Poilcourt, M. l'abbé Leclerc, était en même temps curé de Brienne. — Le parrain, M. Delécluse-Siret, appartenait à une famille de Reims qui possédait le château de Poilcourt avec ses dépendances, ancien domaine de la famille de Coucy-Poilcourt.

Une épitaphe de 1622 rappelle, dans l'église de Poilcourt, la mémoire de Jacques de Coucy, capitaine d'une compagnie de 300 hommes sous Henri IV, et la litre funèbre offre encore à l'intérieur la trace des écussons peints aux armes de la même famille au XVIIIe siècle.

XIII. Roizy.

Le clocher, reconstruit en charpente au milieu de l'église sur la base d'une tour du moyen âge, contient deux cloches, dont la plus forte offre cette légende :

FONDUE EN AOUT 1809. — MARIE-FRANÇOISE EST MON NOM, J'APPARTIENS A ROIZY ; MON PARRAIN EST FRAN-ÇOIS CASSIAUX, ANCIEN CURÉ DE LA PAROISSE, LEQUEL M'A BÉNIE ; MA MARRAINE EST MARIE-LIESSE VANNIER, ÉPOUSE DE M. PIERRE-HONORÉ BOUVRI, PROPRIÉTAIRE, DEMEURANT A ROIZY. — M. HENRI-TOUSSAINT DOUTTEZ, MAIRE, ET M. GUILLAUME, ADJOINT. — REGNAULD ET ANTOINE FILS, FONDEURS.

On lit sur la petite : J'AI ÉTÉ FONDUE EN 1853, SOUS L'ADMINISTRATION DE M. JEAN-MÉDARD GERBAULT,

MAIRE DE ROIZY, ET M. AMBROISE DOUTTEZ, ADJOINT. —
J'AI EU POUR PARRAIN M. BOYS, PIERRE-NICOLAS, CURÉ
DESSERVANT, ET POUR MARRAINE Mme ISMÉRIE GATINOIS,
ÉPOUSE DE M. NICOLAS-AMBROISE SUREAU ; ILS M'ONT
NOMMÉE MARIE-NICOLLE-ISMÉRIE. — LOISEAU-LIÉGAULT,
FONDEUR A MÉZIÈRES.

Les noms inscrits sur ces cloches sont d'un intérêt purement
local et nous n'avons pas à y insister. Le nom de M. François
Cassiaux se retrouvera plus loin, sur les cloches de Saulx-Saint-
Remi (1817).

M. Henri-Toussaint Douttez a été maire de Roizy de 1802 à
1812, et M. Guillaume a exercé les fonctions d'adjoint pendant le
même temps. — M. Médard Gerbault et M. Ambroise Douttez ont
été, le premier, maire et, le second, adjoint de 1848 à 1863.

XIV. Saint-Germainmont.

La tour romane de l'église contient dans son solide beffroi
trois cloches datant de 1809, et au-dessus est suspendue une
clochette portant la date de 1806. — Voici les inscriptions qui se
lisent sur chacune d'elles, les figures moulées et les marques des
fondeurs :

Grosse cloche : † AD MAJOREM DEI GLORIAM. — L'AN DE
J.-C. EN AOUT 1809, J'AI ÉTÉ BÉNITE MOI ET MES DEUX
SŒURS PAR M. P.-N. LEGROS, CHANOINE HONORAIRE DE
LA CATHÉDRALE DE MEAUX, PROVISEUR DU LYCÉE DE
RHEIMS, ASSISTÉ DE M. J.-B. VASSELIER, CURÉ DE SAINT-
GERMAINMONT ; J'AI EU POUR PARRAIN M. CH.-AN.-CL.
GILLOTIN, MAIRE DUDIT LIEU, PRÉSIDENT DE L'ASSEM-
BLÉE CANTONALE D'ASFELD, ET POUR MAREINE D^elle
FR.-MARG. VIELLART, REPRÉSENTÉE PAR Mme MALLFI-
LATRE, SA SŒUR, ET JE M'APELLE FRANÇOISE. — J'AI
ÉTÉ FONDUE MOI ET MES DEUX SŒURS PAR J.-N. REGNAUD
ET ANTOINE FILS. (Christ et figures moulées. — Le mouton de
cette cloche a été refait en 1876 par Hourlier-Borgnet, charron,
et Manteau-Déjardin, maréchal).

Moyenne cloche : AD MAJOREM DEI GLORIAM. — L'AN DE
J.-C. 1809, J'AI EU POUR PARRAIN Mr PIERRE-NICOLAS
LEGROS, CHANOINE DE LA CATHÉDRALE DE MEAUX,

PROVISEUR DU LYCÉE DE RHEIMS, ET POUR MARREINE MARIE-NICOLE LEGROS, ÉPOUSE DE Mr LANSON, ET JE M'APELLE MARIE-NICOLLE. (Figures du Christ, de la Vierge et de saint Germain). Les fers du mouton portent : J.-L. DRUART, 1809.

Petite cloche : AD MAJOREM DEI GLORIAM. — L'AN DE J.-C. 1809, J'AI EU POUR PARREIN M. J.-B. WITRY, ADJOINT, ET POUR MARREINE M. HENRIETTE BORGNET, SON ÉPOUSE, ET JE M'APELLE HENRIETTE. (Figures moulées).

Ces trois cloches sonnent *ut, si, la.*

Clochette : L'AN 1806, J'AI ÉTÉ VOUÉE A St NICAISE, ET EN PORTE LE NOM. Ce texte se lit entre deux rangs de palmettes, figure du Christ moulée au-dessous d'un côté, et de l'autre, dans un écusson, la marque du fondeur, une cloche avec son nom en légende : CAVILIER, FONDEUR. — Les fondeurs de la famille Cavillier sont très réputés dans tout le nord de la France ; ce sont eux qui ont fondu, en 1805, la sonnerie de l'église Saint-Jacques de Reims.

Il nous reste à signaler pour cette commune l'existence actuelle, dans le clocher de Seuil (Ardennes), d'une cloche provenant de Saint-Germainmont et bénite (chose rare et curieuse) en 1793 par le curé constitutionnel, ce qui prouve la persistance et le besoin des cloches dans tous les temps.

Voici l'inscription de cette cloche de l'époque révolutionnaire, dont nous devons le texte à M. l'abbé Lannois, curé de Thugny :

L'AN 1793, 2e DE LA RÉPUBLIQUE FRANÇOISE, A ÉTÉ BÉNITE PAR LE CITOYEN N^{as}-R^y CANART, PRÊTRE, CURÉ DE SAINT-GERMAINMONT, ET NOMMÉE CHARLOTTE PAR LE CITOYEN CH^{es}-ANT^o-CLAUDE GILLOTIN, ANCIEN PRÉ-SIDENT DU DISTRICT DE RETHEL, ET Me CHARLOTTE GILLOTIN, SA NIÈCE. N^{as} REGNAUD, FONDEUR.

Les cloches de Saint-Germainmont portent des noms qu'il convient de signaler à l'attention et qui leur donnent un carac-tère historique local.

L'abbé Legros, originaire de St-Germainmont, prêtre distingué et vertueux, joua un rôle influent à Reims au commencement du siècle. Il rendit surtout de grands services pour l'éducation de la jeunesse, tant au collège Saint-Denis, qu'il fonda, qu'au Lycée impérial dont il devint proviseur en 1809. Son portrait est

conservé à Reims, dans la famille Lanson, et figurait à l'exposi-
tion du centenaire de Valmy en 1892 (1).

La famille Gillotin, très connue à Reims, où plusieurs de ses
membres habitèrent et tinrent d'honorables situations, avait à
Saint-Germainmont d'importantes propriétés. Charles-Antoine-
Claude Gillotin, qualifié avant la Révolution « d'officier chez le
roi », y construisit une belle habitation qui resta la demeure de
ses descendants jusqu'en 1890. Il exerça plusieurs fonctions
électives sous la Révolution et le premier Empire. Il était allié
aux familles Viellart et Malfillàtre, de la haute bourgeoisie
rémoise (2).

Le curé de Saint-Germainmont qui assistait au baptème des
cloches, M. Jean-Baptiste Vasselier, occupa ce poste pendant
trente-neuf ans et mourut au même lieu, le 16 février 1843, à
l'âge de 82 ans.

Signalons enfin l'existence d'une nouvelle cloche à Saint-
Germainmont, dans l'élégant campanile qui surmonte la façade
de l'hospice construit et fondé en 1895 par M. D. Linard, fabricant
de sucre, maire de la commune et député. Cette cloche (hauteur :
0ᵐ65) a été fondue par Paintandre, à Vitry-le-François, et porte
en légende : HOSPICE LINARD, 1894.

XV. Saint-Remy-le-Petit.

L'unique cloche de l'église porte ce texte, et nous n'en connaissons pas le fondeur :

1817. J'AI ÉTÉ BÉNITE PAR M. ROSSIGNOL, CURÉ DE
CETTE PAROISSE, ET NOMMÉE NICOLE PAR M. J.-N.
DORIOT FILS ET PAR Dᵉˡˡᵉ JEANNE-MARIE LELAURAIN,
MES PARRAIN ET MARRAINE ; MA PETITE MARRAINE Dᵉˡˡᵉ
FRANÇOISE BRÉMONT. — M. JEAN LELAURAIN, MAIRE, ET
M. REGNAULT DORIOT, ADJOINT.

(1) Né à Saint-Germainmont le 26 juin 1753, Pierre-Nicolas Legros était, en 1780, licencié
en théologie et sous-principal du collège de Reims, professeur de sixième dans le courant de
1782 et principal en 1791-92, puis proviseur du lycée en 1809 et du collège royal en 1814,
nommé officier de l'Université et chevalier de la Légion d'honneur. Chanoine honoraire de
Meaux en 1805, vicaire-général en 1828, il mourut à Reims le 20 janvier 1832. (Voir CAULY,
Hist. du Collège des Bons-Enfants, p. 615, 636 et 650).

(2) Les derniers membres de la famille Gillotin qui aient habité Saint-Germainmont sont :
M. Louis Gillotin, mort à Reims le 2 décembre 1884, âgé de 82 ans, et sa veuve, née Marie-
Thérèse Carteret, décédée également à Reims, le 8 janvier 1891, âgée de 81 ans. — Un frère
de M. Louis Gillotin, qui avait racheté la propriété de la famille Thierion vers 1865, habita aussi
quelque temps Saint-Germainmont et y répandit de nombreux bienfaits.

M. Jean Lelaurain a été maire de 1815 à 1831, et M. Regnault Doriot adjoint de 1815 à 1826. Leurs noms intéressent seulement l'histoire de la localité, mais ils nous indiquent le bon accord régnant entre eux et le partage des rôles par l'intermédiaire de leurs enfants. — Quant au curé, M. Rossignol, c'est lui qui est devenu curé de Brienne quelques années plus tard et y mourut en 1831, comme nous l'avons indiqué plus haut.

XVI. Saulx-Saint-Remi.

La vieille tour romane de l'église contient un beffroi formé d'une haute et forte charpente, au sommet de laquelle sont suspendues trois cloches, fondues toutes les trois sur place en 1817, avec le bronze d'une vieille cloche remontant à l'année 1400, si l'on en croit les inscriptions.

On lit sur la grosse cloche : A LA GLOIRE DE DIEU, EN 1817, NOUS SOMMES SORTIES A TROIS D'UNE AGÉE DE 417 ANS, SOUS PIE VII PAPE, LOUIS XVIII ROI, FRANÇOIS CASSIAUX, DE SAINT-THOMAS-EN-ARGONNE (1), CURÉ, P.-GUILLAUME RIFLART, MAIRE, MAURICE BADU, ADJOINT; MON NOM EST RAPHAEL; MON PARRAIN FÉLIX DOMBROVA DE MAINSERIG AU ROYAUME DE POLOGNE, DÉPARTEMENT DE SEDLEC (2), MAJOR AU RÉGIMENT RUSSE DE SMOLENS; MA MARRAINE ROSALIE-LOUISE BAUDIER, ÉPOUSE DE HENRI GATINOIS DE SAULX-St-REMY. — FONDUE PAR ANTOINE ET F. LOIZEAUX, DE ROBÉCOURT EN LORRAINE. (Fleurs de lis entre les mots et autres figures moulées).

Moyenne cloche : EN L'HONNEUR DE MARIE, EN 1817, NOUS SOMMES A TROIS D'UNE ; MON NOM EST MARIE-FRANÇOISE ; MON PARRAIN EST FRANÇOIS CASSIAUX, CURÉ DE SAULX-SAINT-REMY; MA MARRAINE MARIE DEMOULIN, ÉPOUSE DE HENRI QUENTINET DE CETTE PAROISSE. (Même décoration).

Petite cloche : EN L'HONNEUR DE SAINT REMY EN 1817, D'UNE NOUS SOMMES SORTIES A TROIS; MON PARRAIN

---

(1) *Saint-Thomas*, lieu natal du curé Cassiaux, est une petite commune du canton de Ville-sur-Tourbe (Marne), autrefois du diocèse de Reims, doyenné de Cernay-en-Dormois, paroisse de Vienne-le-Château.

(2) En 1815, fut créé le nouveau royaume de Pologne, placé sous la souveraineté de l'empereur de Russie : il était partagé en huit gouvernements, dont celui de Podlaquie avec Siedléc pour chef-lieu.

EST P.-GUILLAUME RIFLART, MAIRE, ÉPOUX DE MARIE-REMIETTE LEVIEUX ; MA MARRAINE M. Cʰ.-ALEXISᵉ GENTIL, ÉPOUSE DE MARTIN GEORGIN ; MON NOM EST AMBROISE ; MON CURÉ FRANÇOIS CASSIAUX, DE SAINT-THOMAS-EN-ARGONNE. — N.-R.-C. GALLOIS MARGUILLIER. (Figures de saint Remi, de la sainte Vierge et du Christ en croix).

La principale curiosité de ces trois cloches, c'est d'avoir été fondues avec le métal d'une seule cloche, probablement très forte, du xivᵐᵉ ou du xvᵐᵃ siècle. Nous avons vainement cherché des renseignements sur l'inscription et le poids de cette doyenne des cloches de la contrée. — Une autre particularité intéressante, c'est la présence comme parrain de la grosse cloche d'un officier polonais, faisant partie de l'armée russe restée en cantonnement dans la région jusqu'en 1818.

Ajoutons que les fondeurs des cloches de Saulx-Saint-Remy, Antoine et P. Loizeaux, séjournèrent dans cette commune et y fondirent sur place les cloches de plusieurs communes voisines, achetant le bronze d'anciennes cloches qu'on leur amenait, comme on peut le voir par le procès-verbal de pesée donné à l'article du Thour.

XVII. Le Thour.

Au début du siècle, il restait au Thour une forte cloche d'avant la Révolution, portant ce texte :

† LE DIMANCHE 8 AOUST 1689, NOUS AVONS ÉTÉ BÉNITES PAR Mᵣᵉ CLAUDE ARMAND, NATIF DE REIMS, CURÉ DU THOUR, ASSISTÉ DE Mʳᵉ PIERRE WILCQ, CURÉ DE VILLERS, ET ÉTÉ NOMMÉES PAR TRÈS HAUT ET PUISSANT SEIGNEUR MESSIRE ALEXANDRE-GASPARD COMTE DE COLIGNY, MESTRE DE CAMP ÈS ARMÉES DE SA MAJESTÉ, BARON DES BARONNIES DE LA MOTHE SAINT-JEAN, DU THOUR, DE SEMUR-EN-BRIONNOIS ET AUTRES LIEUX, ET PAR HAUTE ET PUISSANTE DAME, DAME MARIE DE COLIGNY, VEUVE DE HAUT ET PUISSANT SEIGNEUR MESSIRE LOUIS DE MAILLY, MARQUIS DE NESLE, VIVANT MARÉCHAL DE CAMP ÈS ARMÉES DE SA MAJESTÉ. — Mᵉ CLAUDE-JOSEPH DOURY ÉTANT BAILLY, ET Mᵉ PIERRE LIEPVRE PRO-CUREUR FISCAL, SÉBASTIEN CHARPENTIER ET SIMON GÉRARD, MARGUILIERS.

Le parrain de cette cloche, Gaspard-Alexandre de Coligny, était fils de Jean de Coligny, lieutenant-général des armées du roi, mort en 1686, et de Anne-Nicole Cauchon de Maupas, dame du Thour, du Cosson et de Saint-Imoges. Il mourut à Reims le 14 mai 1694, âgé de 32 ans, étant mestre de camp au régiment de Condé-cavalerie, et fut inhumé dans l'église de Saint-Denis. Il laissait une veuve sans enfants, Marie-Constance-Adelaïde de Mardaillan.

La marraine de la cloche était la sœur du parrain ; elle mourut à Paris, à l'âge de 26 ans, déjà veuve de Louis de Mailly, marquis de Nesle. (Voir, sur la généalogie de cette branche des barons du Thour, les *Mémoires de la Société Éduenne*, 1888, t. XVI, p. 160-164).

Cette cloche, après avoir servi à l'église du Thour jusqu'à la Révolution, avec deux autres qui furent enlevées du 14 au 16 septembre 1793, resta dès lors seule dans le clocher. Elle en fut elle-même descendue en 1817 et livrée, à Saulx-Saint-Remy, aux fondeurs Antoine et Loizeau. Nous devons à M. Courty, propriétaire au Thour, le texte de l'inscription donnée plus haut et celui du procès-verbal de pesée de la cloche qui ne manque pas d'intérêt :

« Aujourdhuy quinzième jour d'octobre dix huit cent dix sept, la cloche provenant de l'église du Thour a été pezé à Saulx St Remy par nous Antoine et Loizeau, fondeurs, en présence et assisté de M. Doublié, maire de la commune du Thour, de messieurs Riflart, maire dudit Saulx Saint Remy, Ducroq et Philippot, fabriciens de l'église du Thour, de Georgin, charpentier de Saulx St Remy. Elle s'est trouvé pezer dix sept cent trente trois livres ancien poids (866 k. 5 h.). Fait double à Saulx St Remy ledit jour et an que dessus. *(Signé) :* Philippot, Ducroq, Doublié, Rifflart, maire de Saulx, Antoine, F. Loiseau, Georgin. »

Le bronze en provenant servit à fondre une sonnerie de trois cloches pesant ensemble 1,717 kilogrammes. — Trois nouvelles cloches furent refondues par Antoine père en 1834, mais il n'en subsiste qu'une seule, les deux autres ayant été refondues à leur tour, à Metz, en 1858. Voici les inscriptions des trois cloches actuelles, installées dans un solide beffroi qui remplit toute la largeur du clocher en charpente élevé au-dessus de la nef de l'église :

Grosse cloche : CETTE CLOCHE, DÉDIÉE A LA VIERGE IMMACULÉE SOUS LE VOCABLE DE MARIE, A ÉTÉ REFONDUE EN 1858 PAR LES SOINS DE M. JEAN-LOUIS-AMAND PÉRIN, CURÉ DE CETTE PAROISSE DE St-NICOLAS-DU-

THOUR, ET DE LA FABRIQUE, ET AU MOYEN DES OFFRANDES VOLONTAIRES DES HABITANTS DE LA PAROISSE RECUEILLIES PAR M. LE CURÉ ET PAR MM. ÉDOUARD LOILLIER ET ISIDORE CHARPENTIER, MARGUILLIERS. — ELLE A ÉTÉ BÉNITE PAR M. PÉRIN, CURÉ, ET A EU POUR PARRAIN MARIE-JOSEPH POTTELAIN ET POUR MARRAINE LÉONIE-ASPASIE-ADELAIDE POTTELAIN. — FONDERIE DE N. JACLARD, DE METZ. (Diamètre à la base : 1ᵐ10 ; crucifix et guirlandes moulées, lettres d'un fort relief).

Moyenne cloche : J'AI ÉTÉ FONDUE EN 1834 PAR LES SOINS DE M. JEAN-BAPTISTE NIVELLE, CURÉ, JOSEPH-FERGEUX SORLET, MAIRE, NICOLAS-CATHERINE-OLIVE PHILIPPOT, ADJOINT, PIERRE MALHOMME, CONSEILLER MUNICIPAL DE LA COMMUNE DU THOUR, ET AUX FRAIS DES HABITANTS ET DE LA FABRIQUE. M. LE CURÉ M'A BAPTISÉE, ET J'AI EU POUR PARRAIN L.-GUSTAVE-ALEXANDRE VICOMTE DE VIRIEU, ET POUR MARRAINE DAME CHARLOTTE-FRANÇOISE DE PAULE DE LOSTANGE, SON ÉPOUSE. ILS M'ONT DONNÉ LE NOM DE CHARLOTTE. — ANTOINE PÈRE... FONDEUR. (Diamètre à la base : 1 mètre ; figure de la Vierge et filets simples).

Petite cloche : CETTE CLOCHE, DÉDIÉE A Sᵗ NICOLAS, PATRON DE CETTE PAROISSE, A ÉTÉ REFONDUE EN 1858 PAR LES SOINS DE M. JEAN-LOUIS-AMAND PÉRIN, CURÉ, ET DE LA FABRIQUE, TANT AUX FRAIS DE L'ADMINIS-TRATION PAROISSIALE QU'AU MOYEN DES OFFRANDES VOLONTAIRES DES HABITANTS DE LA PAROISSE. — BÉNITE PAR M. PÉRIN, CURÉ, ELLE A EU POUR PARRAIN NICOLAS-JOSEPH BRUCELLE, ET POUR MARRAINE JOSÉ-PHINE-CÉLINA LOILLIER. — FONDERIE DE N. JACLARD, DE METZ. (Diamètre à la base : 0ᵐ90 ; crucifix, guirlandes décoratives dans le haut).

Les familles dont les noms sont inscrits sur ces cloches subsistent encore, la plupart, dans la commune.

La famille de Virieu, qui fit de fréquents séjours dans son domaine du Thour, depuis 1830 jusqu'en 1850, n'y possède plus aucune propriété. La terre du Thour, dont la moitié appartenait, depuis 1640, à l'Hôtel-Dieu de Paris, avait successivement passé, au moyen âge, dans les maisons du Thour, de Soissons et de Châtillon ; elle échut, au xvime siècle, à la famille rémoise des Cauchon de Maupas, dont plusieurs membres prirent le titre de baron du Thour et le transmirent par héritage au comte de Coligny, dont nous avons relevé le nom plus haut sur la cloche de 1689, puis par une alliance aux Mailly et, finalement, au prince de Nassau-Siegen qui vendit, le 27 octobre 1773, sa part de la baronnie du Thour à Jacques Lenoir, notaire à Paris ; ce dernier, dont la famille n'émigra pas à la Révolution, eut pour successeur sa petite-nièce, Charlotte de Lostange, mariée au vicomte de Virieu. M. et Mme de Virieu furent, en 1834, les parrain et marraine de la cloche qui leur survit et perpétuera seule leur nom au Thour, leurs enfants ayant été établis ailleurs et leur domaine morcelé et vendu de 1852 à 1860.

Issu d'une famille ancienne et illustre du Dauphiné, le vicomte de Virieu, qui avait renoncé à la vie politique en 1830, se plut à améliorer ses propriétés du Thour et, notamment, à y opérer de nombreuses plantations qui assainirent la vallée marécageuse où s'étend le village. Il se prêta également à des œuvres de charité et à des travaux d'utilité publique. En 1850, il cessa d'y séjourner pour habiter définitivement Paris, où il mourut le 20 avril 1864, dans sa 85me année. Voici les noms et les titres que lui donne le billet de faire-part : « Loup-Gustave-Alexandre, vicomte de Virieu-Beauvoir, maréchal de camp, sous-aide-major général de la garde royale, gentilhomme de la Chambre de S. M. Charles X, chevalier de St-Louis, de St-Ferdinand d'Espagne, de St-Jean de Jérusalem, commandeur de la Légion d'honneur ».

On trouve la généalogie des principales branches de la maison de Virieu et ses armes : *de gueules à trois vires ou annelets d'argent, l'un dans l'autre*, au t. xix, p. 882, du *Dictionnaire de la Noblesse*, par de la Chenaye-Desbois.

Le prêtre qui bénit les cloches en 1834, M. l'abbé Nivelle, est devenu curé de Saint-Fergeux en 1844. Son successeur au Thour, M. l'abbé Périn, qui baptisa les nouvelles cloches en 1858, mourut au même lieu le 20 février 1889, dans sa 77me année ; sa tombe est au cimetière de Saint-Simon, ancien lieu de sépulture conservé sur l'emplacement d'un village détruit à une époque très reculée.

XVIII. Vieux-les-Asfeld.

Le clocher en charpente qui surmonte l'église de Vieux contient trois petites cloches, fondues à Metz en 1861, offrant les noms de nombreux donateurs et habitants de la commune.

Sur la grosse : PHILOMÈNE - MARIE - AUGUSTINE - IRMA, BÉNITE EN 1861 PAR M. VICTOR RICHARD, DE BOUILLY (MARNE), CURÉ DE VIEUX-LES-ASFELD ; J'AI EU POUR PARRAIN M. JOSEPH-AUGUSTIN LAURENT, ADJOINT, ET POUR MARRAINE MAD. MARIE-ANNE RUFFIN, ÉPOUSE DE M. J.-P. PRILLIEUX, MAIRE, ET POUR PETITE MARRAINE Mlle MARIE-IRMA MODAINE. — PRINCIPAUX DONATEURS APRÈS LES PARRAIN ET MARRAINE : M^r ET Mme BERTRAND, M. NICOLAS CLIQUOT, M. HENRI GOBRÉAUX, M. F.-T. MODAINE, M. F. BALIGAND, M. P.-N. MODAINE. (N° 1020).

Sur la moyenne : JEANNE-SIDONIE-HUBERTINE, BÉNITE EN 1861 PAR M. VICTOR RICHARD, CURÉ DE LA PAROISSE ; J'AI EU POUR PARRAIN M. JEAN-F^ois MODAINE, POUR MARRAINE MAD. SIDONIE PRILLIEUX, ÉPOUSE DE M. ÉLIE MODAINE, ET POUR PETITE MARRAINE Mlle FRANCINE-HUBERTINE MODAINE. (N° 1021).

Sur la petite : LOUIS-STÉPHANIE-AURÉLIE, BÉNITE EN 1861 PAR M. VICTOR RICHARD, CURÉ DE LA PAROISSE ; J'AI EU POUR PARRAIN M. PIERRE-LOUIS HARLAUT, ET POUR MARRAINE M. MARIE-STÉPHANIE LAHEMADE, ÉPOUSE DE M. LOSSERAND, ET POUR PETITE MARRAINE Mlle EUPHÉMIE-AURÉLIE FOSSIER. — TOUS LES HABITANTS DE LA PAROISSE ONT CONTRIBUÉ A L'ACQUISITION DE CETTE SONNERIE. (N° 1022).

GOUSSEL FRÈRES, FONDEURS A METZ, AUXERRE ET CHAMPIGNEULLES (H^te-MARNE).

C'est la même maison qui a fourni la belle sonnerie de Tours-sur-Marne, en 1866.

Le parrain de la grosse cloche, M. Joseph-Augustin Laurent, a été adjoint de 1855 à 1865, puis maire de 1865 à 1871. — La marraine était la femme de M. Jean-Pierre Prillieux, maire de 1848 à 1865. — M. Eloi-Charles Bertrand, l'un des principaux donateurs, a été maire de 1878 à 1884 et mourut à Vieux quelques années plus tard.

Le parrain de la moyenne cloche, M. Jean-François Modaine, a été adjoint de 1873 à 1878.

M. l'abbé Richard, né à Bouilly (Marne) en 1821, dessert la paroisse de Vieux depuis 1858.

Nos recherches ont été infructueuses pour retrouver l'inscription de la vieille cloche, refondue en 1861, et dont la date n'a même pas été conservée.

XIX. Villers-devant-le-Thour.

Une flèche très élevée surmonte le clocher en charpente, recons-truit au xvime siècle sur la nef de l'église de cette commune. Cette église remonte au xiiime siècle et ne manque pas d'intérêt. Le beffroi contient trois cloches d'un accord harmonieux, fondues ensemble en 1828, en partie avec le bronze d'une ancienne cloche dont nous allons d'abord raconter l'histoire.

La sonnerie d'avant la Révolution comprenait quatre cloches, dont une très petite. La grosse était déjà cassée en 1774, et, lorsque le reste de la sonnerie fut enlevé en 1793, il ne resta plus qu'une cloche au service de la commune, du poids de 1,800 livres. Elle fut cassée elle-même en 1807, et une délibération de cette époque nous apprend que « c'était le vœu de tous les habi-tants qu'elle soit refondue (1) ». Une somme de six cents francs fut inscrite dans ce but au budget de 1808, et un traité fut passé entre le maire, M. Carlier, et deux fondeurs bien connus d'Urville (Vosges), Antoine fils et Jean-Nicolas Regnaud, pour la fonte d'une cloche de 1,800 livres. Leur opération eut lieu sur place, à Villers, et réussit : on leur paya 432 francs en outre du bronze de l'ancienne cloche, mais on ne s'inquiéta nullement de conserver le texte de cette ancienne cloche, pas plus que de nous trans-mettre celui de la cloche de 1807, lorsqu'elle fut cassée à son tour, à une date que nous ne connaissons pas, et qu'on la refondit enfin en 1828. Dans l'intervalle, une petite cloche avait été acquise sans succès.

En cette année, il s'agissait d'une plus forte et plus coûteuse acquisition, en voie de négociation depuis assez longtemps. Dès le 11 mai 1826, un traité avait été passé par le maire, M. Prillieux, pour la fonte de trois cloches du poids total de 1,670 kilogrammes,

_____

(1) Délibération municipale du 15 mai 1807, f° 20 du registre D 4 des Archives communales.

au prix de 2,700 francs, avec les associés fondeurs Bague et Cochois, le premier en résidence à Vouziers et l'autre à Châlons (1). Mais la fabrique n'avait pas de ressources, et l'autorité préfectorale ne consentait pas à ce que cette dépense soit portée à la charge de la commune. Ce refus irritait la population, et l'on consignait dans la délibération du 11 mai 1827 « que toute la commune est dans l'impatience de voir que depuis longtemps elle est sans cloches (2) ». — Enfin, le projet aboutit, et le marché fut exécuté aux frais du budget municipal, dans le courant de l'année 1828, par le fondeur Bague et son nouvel associé Chevresson. On constatait dans la délibération du 6 décembre 1828 « que l'accord des trois nouvelles cloches était parfait et formait la tierce demandée par les habitants (3) ». Toutefois, le chiffre prévu de la dépense était notablement dépassé, par suite « d'un surplus de métal qui est entré dans les trois cloches, ce qui les rend, dit la délibération, plus fortes et en même temps plus convenables au pays dont la situation et l'étendue exigent des sons plus forts ». La somme à payer aux fondeurs montait en conséquence à 3,780 fr. 90, et elle fut soldée en quatre annuités. Nous n'avons pas le procès-verbal de réception fixant les poids définitifs ; nous savons seulement, d'après la même délibération, « que le préposé de la bascule de Rethel avait donné exactement le poids des anciennes cloches et des nouvelles (4) ».

Les cloches ont donc été payées par la commune seule et sont sa propriété, mais avec l'affectation légale au service du culte, sous la réserve des sonneries civiles d'usage. Elles furent bénites au mois de juin 1828, d'après les souvenirs d'un témoin oculaire, alors enfant de chœur, non par M. Massé, curé-doyen d'Asfeld, comme l'indique l'inscription des trois cloches, mais par M. Vasselier, curé de Saint-Germainmont, qui desservait la paroisse depuis le décès tout récent de M. Buquoy, non encore remplacé.

Voici le texte des inscriptions, fort exactes pour le surplus : on y voit en tête les noms du maire et de l'adjoint, suivis de ceux des membres du conseil municipal, au nombre desquels se trouvait M. Vuillemet-Leroy, notaire, alors en résidence dans la commune.

(1) Séance du Conseil municipal du 11 mai 1826, fᵒˢ 2 et 3 du registre D 7.
(2) Séance du Conseil municipal du 11 mai 1827, fᵒ 5 du même registre.
(3) Elles sonnent en effet *la, sol, fa* en bon accord.
(4) Séance du Conseil municipal, du 6 décembre 1828, fᵒ 7 verso du même registre.

Or lit sur la plus forte (900 kilogrammes) :

L'AN 1828, J'AI ÉTÉ BÉNITE PAR Mᵣ MASSÉ, PRÊTRE, CURÉ DU CANTON D'ASFELD ; J'AI EU POUR PARRAIN Mᵣ JEAN-BAPTISTE PRILLIEUX, MAIRE DE LA COMMUNE DE VILLERS-DEVᵗ-LE-THOUR, ET POUR MARRAINE DAME NICOLE-LOUISE PRILLIEUX, SON ÉPOUSE ; ON M'A IMPOSÉ LE NOM DE LOUISE, EN PRÉSENCE DE Mᵣ BARDIN, ADJᵗ, ET DE Mʳˢ PHILIPPOT, CELLIER, LACAILLE, WILMET, CAURETTE, CUISSART, BONNET, PONCELET, DRUART ET BRODEUR, TOUS MEMBRES DU CONSEIL MUNICIPAL. — CHEVRESSON ET BAGUE, FONDEURS.

Sur la moyenne (750 kilogrammes) :

L'AN 1828, J'AI ÉTÉ BÉNITE PAR Mᵣ MASSÉ, PRÊTRE, CURÉ DU CANTON D'ASFELD ; J'AI EU POUR PARRAIN M. JEAN-CHARLES BARDIN, ADJOINT A LA MAIRIE DE VILLERS-DEVᵗ-LE-THOUR, ET POUR MARRAINE Dˡˡᵉ MARIE-NICOLLE BARDIN, SA FILLE AINÉE ; ON M'A IMPOSÉ LE NOM DE MARIE-NICOLLE, EN PRÉSENCE DE M. PRILLIEUX, MAIRE DE LA COMMUNE, ET DE Mʳˢ... (Noms des membres du conseil municipal et des fondeurs, comme ci-dessus).

Sur la petite (550 kilogrammes) :

L'AN 1828, J'AI ÉTÉ BÉNITE PAR Mᵣ MASSÉ, PRÊTRE, CURÉ DU CANTON D'ASFELD ; J'AI EU POUR PARRAIN Mᵣ JEAN-NICOLAS PRILLIEUX, FILS DE Mᵣ JEAN-BAPTISTE PRILLIEUX, MAIRE DE LA COMMUNE DE VILLERS-DEVᵗ-LE-THOUR, ET POUR MARRAINE DAME MARIE-JEANNE-AMARENTE SOUEF, ÉPOUSE DE Mᵣ J.-Nᵃˢ PRILLIEUX, ASSISTÉ DE Mᵣ NICOLAS-THÉOPHILE PRILLIEUX, LEUR FILS ; ON M'A IMPOSÉ LE NOM D'AMARENTE, EN PRÉSENCE DE Mʳˢ... (Les noms comme ci-dessus).

Toutes les personnes figurant sur ces cloches sont décédées depuis, mais les familles de la plupart survivent honorablement dans la commune.

Le parrain de la grosse cloche, M. Jean-Baptiste Prillieux, mourut le 15 septembre 1842, à l'âge de 75 ans, et son épitaphe indique les services qu'il rendit comme premier suppléant du juge de paix d'Asfeld, ancien capitaine, ancien maire et ancien membre du conseil d'arrondissement de Rethel. — Deux autres membres de cette famille ont leurs noms inscrits sur la petite cloche : M. Théophile Prillieux, décédé en 1839, dans sa 18me année, et son père, M. Jean-Nicolas Prillieux, mort le 28 août 1853, à l'âge de 56 ans, très regretté comme maire de la commune et membre du conseil général du département des Ardennes.

Le parrain de la seconde cloche, M. Jean-Charles Bardin, alors adjoint et plus tard maire de la commune, remplit une longue carrière et mourut le 6 avril 1858, dans sa 81me année. Son gendre, M. Saintive-Bardin, fut à son tour, durant trente ans, à la tête de la municipalité (1863-1893).

Nous avons maintenant à signaler la seule cloche antérieure à notre siècle que l'on rencontre actuellement dans le canton d'Asfeld.

Le campanile en fer, installé en 1860 au sommet du pignon formant le chevet de l'église de Villers, abrite la sonnerie de l'horloge qui se compose de trois timbres d'appel modernes, pesant ensemble 70 kilogrammes, et d'une petite cloche, servant de timbre pour l'heure, d'un diamètre à la base de 0^m65 et du poids de 225 kilogrammes.

Cette cloche date du xvme ou du xvime siècle et porte cette inscription moulée en une ligne, au sommet, en belles lettres gothiques :

𝕵e suis la clocbe bannale de la ville de doncheri snr meuse.

La ville de Donchery, près Sedan, céda vers 1860 sa cloche banale, précieuse pour elle à tant de titres, à M. Auguste Calame, horloger à Rethel, et ce dernier la vendit, en même temps que l'horloge dont il était le fournisseur, à la commune de Villers-devant-le-Thour, M. Jadart-Leroy étant maire et M. Saintive-Bardin adjoint. Cette cloche et les timbres, pesant ensemble 295 kilogrammes, ont été acquis au prix total de 1,180 francs, soit à 4 francs le kilogramme. La cloche seule a donc coûté 900 francs, et sa valeur comme pièce ancienne est beaucoup plus considérable (1).

(1) Cf. H. Jadart : *Une église rurale du moyen âge jusqu'à nos jours : Villers-devant-le-Thour et Juzancourt, son annexe* (dans *Rev. de Champagne et de Brie*, 2e série, t. vii, p 437-440 ; dans le tirage à part, p. 42-46). — La commune doit faire exécuter à ses frais en 1897 le remontage des trois cloches de la sonnerie, et prouvera ainsi l'attachement qu'elle porte à ses cloches. (MM. Albert Saintive étant maire ; Doriot, adjoint ; Arthur Chevalier, curé ; Paruitte, secrétaire de la mairie).

ÉPILOGUE.

Notre revue des cloches d'un canton se trouve ici terminée. Dans l'avant-propos, nous annoncions la reproduction finale d'une causerie sur le rôle et le charme des cloches rurales, intitulée : *Les cloches du village,* et publiée dans le *Journal des Débats* du 16 août 1892. L'article est trop long pour figurer encore à la suite de tant de détails locaux : nous y renvoyons donc purement et simplement. Nos cloches ont d'ailleurs assez parlé d'elles-mêmes, et leur langage est de ceux que l'on n'oublie pas, car il est tout ensemble la voix de la religion et celle de la patrie.

TABLE

Sedan. — Imprimerie de Jules Laroche, rue Gambetta, 22.

www.ingramcontent.com/pod-product-compliance
Lightning Source LLC
Chambersburg PA
CBHW071254210626
46818CB00013B/1436